Pedro Eiras

PARAÍSO

ASSÍRIO & ALVIM

Título: PARAÍSO

1ª. Edição, 2024

Supervisão de arte: Carlos Renato
Imagem da capa: Gravura de Gustave Doré

Nota do editor: por fidelidade, a edição brasileira mantém a ortografia da edição portuguesa original

Dados Internacionais de Catalogação na Publicação (CIP)
(Câmara Brasileira do Livro, SP, Brasil)

Eiras, Pedro
Paraíso / Pedro Eiras.
São Paulo: Autores e ideias: Assírio & Alvim, 2024.
ISBN 978-65-84832-11-4
1. Poesia portuguesa I. Título.
23-180530 CDD-869.1

Índices para catálogo sistemático:
1. Poesia: Literatura brasileira 869.1
Aline Graziele Benitez - Bibliotecária - CRB-1/3129

ASSÍRIO & ALVIM é um selo editorial publicado no Brasil pela Autores e Ideias Editora Ltda. sob licença da Porto Editora S.A.

Contato: assirioealvimbrasil@gmail.com
@assiriobr
www.assirio.com.br

REPÚBLICA PORTUGUESA CULTURA
DIREÇÃO-GERAL DO LIVRO, DOS ARQUIVOS E DAS BIBLIOTECAS

Edição apoiada pela Direção-Geral do Livro, dos Arquivos e das Bibliotecas/Cultura - Portugal

PARAÍSO

I

Nada aqui é
como nos disseram
que seria:

onde esperávamos
panoramas, planícies cercadas
por calmas montanhas;

céu azul,
água cristalina
e outras reconfortantes tautologias;

o leão em paz
co'a gazela deitado,
pêlo com pêlo emaranhado,

todas as feras castradas,
não na carne,
mas na funda necessidade;

a cocanha de não ter fome,
nem dentes, língua,
estômago,

um corpo glorioso,
olímpico,
atlético,

revelando
em cada instante
a ocasião;

e esses vultos sorridentes,
para sempre adultos,
mais algumas crianças, alguns idosos,

como convém,
gozando a harmonia do eterno
meio-dia;

reclinados à sombra da vasta faia,
sem temerem cobras,
peçonhentos aracnídeos;

e recitando
não sei bem que palavras, talvez
salmos de David; como nas capas

dos folhetos,
publicitando
«o que o Senhor quer para você»,

«o que há depois da morte»
ou
«como o mundo vai acabar»,

não, nada aqui é
como nos disseram
que seria.

Antes pelo contrário:

tudo é igual ao que já era,
mas mais igual
ainda:

o mesmo mundo, a mesma
soma
dos destroços reunidos
contra o rosto
acordado,

porém tudo mais furioso,
mais vivo, muito mais
exacto.

II

Eis um equívoco
a desfazer:

não importa viver para sempre
neste mundo
(e não há outro, não há senão
este testamento
de terra adiada,
um livro nas mãos, um anel, o
último sopro; depois o grande fogo
em volta do corpo;
não há mais
que isto: a lotaria
de alguma luz
emprestada);

não importa viver para sempre
(muito menos imaginar que a carne regressa
ao corpo sublimado,
e as mãos juntas empurram
as tábuas contra o sol,
acolhidas
por ambíguos anjos
de iluminura);

não importa, é impossível
(pois cada cara está desfeita,
e nem Ísis, chorando alto, saberia
juntar, uma a uma, cada peça).

III

Há também um grave equívoco
nos usos da palavra
salvar

(e tantas vezes tentei explicar isto,
tantas vezes falhei,
tantas vezes queimei os testamentos
no indiferente jardim

(talvez
a linguagem não sirva,
não saiba o gesto
que se retira na sombra;
talvez, como elefante
em loja de porcelanas,
só interrogue o mistério
com lanternas
policiárias;
colírio cegante,
rombo bisturi,
névoa da noite a selar
cegas janelas),

ainda assim, tento de novo):

...que *salvar* não significa
guardar, amealhar
um pecúlio, riqueza;
nem
possuir ou preservar o que quer
que seja;
nem sequer regressar
eternamente,
e nunca envelhecer,
e não morrer
nunca;

...nada a ver com o tempo
investido, a ocupação do território,
nem com as actas da memória,
pois
tudo esquece, tarde ou cedo,
decerto mais cedo
do que parece.

(Aliás,
salvar
é mais parecido com
perder.)

...que o infinito não está no tempo, nem na soma
dos tempos.

Mas
podes atravessar o tempo, dentro do tempo,
neste instante, dentro deste
instante.

Depois o tempo segue o seu curso,
e não permanece, nem regressa; mas
o que nesse instante perdeste
está para sempre
salvo.

IV

Ora, isto, esta tulha de letras
chamada literatura,
merecerá
que se perca a vida, preterindo
a luz sobre as montanhas, mergulhos
nos lagos gelados, os anos
à procura
sabe-se lá de quê, que talvez nunca ninguém
tenha
encontrado?

O que pensas que sabes
verifica
outra vez
e depois
outra vez ainda:

a parca luz no quintal,
uma memória desbotada,
aquele silêncio
que consentia:

verifica
outra vez,
como se nunca tivesses sabido
o peso
das duas medidas:

as pequenas dúvidas, as
pequenas
certezas;

e não te precipites a julgar
que umas compensam
as outras, que

batem certas as contas
ao fim de tanta
badalada:

leste todos os livros, é verdade, mas
que fizeste
dos teus livros? e
tanto tempo vertido
nas janelas, à espera
de melhor
ocasião?

Verifica, verifica outra vez,
outra vez, e mais uma ainda,
verifica,
verifica.

V

E como dizer, como lembrar agora
todos os nomes,
em que livro,
maior
que o próprio mundo, pelo menos do mesmo
tamanho?

Como ousar cometer
o esquecimento

— se a culpa, imperdoável, cai sempre sobre
o desmemoriado
guarda-livros?

À falta de tempo — e nunca o tempo
chegaria, nesta pouca vida
em parcos dias repartida —,

valha a parte pelo todo, o exemplo
pela memória, boa vontade
por inocência.

VI

— Espera, suspende a
pena (ou
os dedos no teclado), não te entregues, como
de outras vezes,
à
terrível impaciência.
Já devias
saber (está nos
livros): a felicidade não tem história,
contraste,
nem peripécia, *volte-face*,
revelação.
Nas tragédias há essência, densa polpa,
mas
ninguém pagaria um bilhete para
contemplar
a beatitude (em melíflua
eternidade).
Que outrora o
poeta de Florença
escrevesse o seu canto — não é
precedente convocável:
desde então já se descobriu (diagnosticou)
que
está doente e sem conserto a
máquina do mundo.

Assim, só te
te resta mentir, contar uma
história
da carochinha, propaganda fácil,
areia para os olhos, suspende, suspende a pena (ou
os dedos
no teclado).

— *Vade retro*: que o Paraíso não é
beatitude, contemplação: mas de fúria, apenas,
é feito.

(E esta foi a primeira tentação.)

VII

A invenção do direito começa
na atribuição de um advogado
às causas desesperadas.
E todas as causas são à partida
desesperadas, se os anjos
quebram selos, citam datas,
o negativo dos nossos gestos,
e omissões.
Mesmo assim, podemos pedir
um advogado, mesmo se não temos
com que pagar,
nós,
despidos
até ao osso,
cobrindo em vão
nossas vergonhas.

Por mim, aposto
nesta sombra estranha:
calças enormes, casaco curto,
bengala torta, chapéu à banda,
tudo em terceira ou quarta mão,
tudo no fio.
Mas se encontrar alguém
mais esfarrapado,
dá logo casaco, coco e bengala,
e forra com papel de jornal
os sapatos largos demais.

Normalmente acaba a comer
esparguete de atilhos com bife de sola.
Porém, não é razão
para deixar
de ser *gourmet*: enquanto houver esperança,
qualquer cabana vale um palácio.
A nobreza consiste em preservar
a cerimónia na barbárie:
tirar o chapéu a uma árvore,
a um reflexo no espelho.

Com pouca coisa se entretém:
empurra um pauzito para o esgoto,

vê como são diferentes
os passos nas ruas — triunfantes, temerosos,
na experiência mal destilada
de chuvas, pedras de sal;
apanha a realidade em flagrante,
esta fome que faz das tripas
coração,
na luz eterna de montras obscenas.

Às duas por três torna-se polícia,
herói, amigo dos milionários. Nem ele sabe
como isto foi: um ou dois copos a mais,
um saleiro que não é o que parece;
o mistério caótico da sorte
que troca caras, confunde nomes.
Mas é sol de pouca dura.
E dá tanto jeito ter à mão
um bode expiatório, um cordeiro manso
para meter atrás das grades.
Ainda por cima, ele põe-se a jeito:
pega numa bandeira das obras e vai preso por engano,
subversivo por equívoco.

Depois, hão-de querer verificar
se é — ou se já foi —
inimigo do Estado, se pertenceu
a associações
antipatrióticas, se nas entrelinhas do que disse
haveria algum apelo à revolta.

A pobreza assusta;
e não foi este homem
que, chegando à América, com a grande estátua
alumiando ao fundo,
deu ao funcionário de alfândega
um valente pontapé no rabo?
Não o vimos a ser polícia e ladrão,
ora pobre, ora rico,
bombeiro, músico, patinador,
depois sempre vagabundo?
Não é suspeito um homem estar sempre em todo o lado?

O maioral dos polícias, j. edgar hoover,
achou que sim.
Sobre o seu sentido de humor,
tenho as minhas dúvidas;
e apurava a imaginação
a glosar suspeitas, acusações
(é difícil responder com
uma torta nas mãos
ou durante um passo de dança).
Nem é suposto um palhaço ter
opiniões políticas, dizia,
está na hora de organizar um boicote,
a pateada nos filmes,
enfim,
puxar os cordelinhos,
mostrar quem manda.
In god we trust, em párias não.

E precisamos de soldados contra o inimigo,
não de vagabundos:
o homem é *persona non grata*,
corruptor de jovens, negador dos valores.

Resultado: aproveitando uma ida ao estrangeiro,
negaram-lhe o direito a regressar.
Demorou quarenta anos, mas lá se vingaram
do pontapé ao guarda
alfandegário:
finalmente o imigrante foi expulso do país,
a grande república dos *founding fathers*.

Na verdade,
nada de novo sob o sol:
quantas vezes este homem, desenganado,
se pôs a andar, com os seus passos canhotos,
por uma estrada fora, sabe-se lá
para onde, sabe-se lá
para quê.

Mas se os anjos abrem os livros,
burocráticos,
com a pena em riste,
e a tinta vermelha,
irrevogável,

a riscar cada corpo
deste mundo desolado
(com tão justa causa,
que só peca por tardia),

por mim, escolheria
esta pequena sombra
para meu advogado.

VIII

Como usamos mal
a palavra *salvar*,

igualmente desbaratamos
a palavra *fúria*:

porque sempre confundimos,
numa palavra, duas,

e as duas, contrárias, na mesma
palavra:

a fúria que destrói,
e a fúria que salva.

Se a primeira te cega,
a segunda revela

que nem sempre as coisas
foram assim,

com estes rótulos, estes
nomes.

A fúria é a memória
desses tempos esquecidos.

E como eram esses tempos?
Precisamente,

já não sabemos:
no esquecimento,

por definição,
esquecemos.

Mas a fúria diz
que existiram, hão-de voltar

um dia esses tempos improváveis
(improváveis — quer dizer:

que nada pode provar,
e nesse sentido

a fúria é entregar-se cada qual
a um salto no vazio).

E eu só peço, eu só espero
que nunca a fúria me falhe,

que na hora da acédia,
do meu corpo exaurido,

nunca a fúria me abandone,
eli lama sabactani?,

que onde seria fácil desculpar
o turvo baralho do mundo,

na minha vida, na minha morte,
que nunca a fúria me falte,

que a segunda fúria, a terrível,
a fúria insaciável, para sempre

me salve.

IX

O cortejo dos heréticos
dá sete vezes
a volta ao Paraíso.

E onde escrevo «heréticos»,
entenda-se:
os que alguma vez

foram expulsos; dos quais
se disse: seja anátema,
posto na rua

por evidente impureza!
Fique em acta, entretanto:
aqueles

que definem santidade
também definem
mácula,

culpa, inocência;
escrevem e promulgam
o regulamento dos porteiros.

Já entre os expulsos,
importa distinguir:
uns são banidos

por bulas, exorcismos,
sumários autos-de-fé
e vistosos sambenitos,

a entrega ao braço secular,
que, na dúvida, prefere
a mão mais pesada;

mas outros
nem esperaram o veredicto
acolchoado nas leis:

fizeram a pequena mala,
desceram o caminho
até à noite gelada,

e sem grandes palavras
abandonaram
a modorra das nuvens.

Como poderiam ficar
naquele íntimo torpor,
se lá fora moravam

os que não têm nome,
nem sabem a idade,
nem falam a nossa língua,

nem decoraram a lista
dos presidentes,
nem sabem o que significa

a palavra *sorte*,
nem nunca aprenderam
a dizer que as coisas

«são assim»?

X

Por exemplo, esta mulher
num quarto despido,
escrevendo
uma carta a um padre,
pedindo
esclarecimentos sobre
as suas dúvidas
teológicas.

Pobre padre, poderíamos dizer:
as perguntas são
às dezenas,
e, para responder, das duas uma:
ou lhe envia um tratado, analisando
palavra a palavra
angústias e heresias,
ou invoca a economia do dogma, exige
silêncio,
obediência
— assunto arrumado!

A mulher é clara: se, numa só
dessas respostas,
ela discordar da Igreja,

prefere ficar à margem, exilada,
sem lugar onde pousar a cabeça.
Por isso em cada risco de heresia
joga a sua vida, e a sua
morte.

O padre, das duas, nenhuma.
Talvez não tivesse tempo, talvez se sentisse
intimidado, talvez não soubesse
responder. Talvez julgasse
que as dúvidas se apagariam
por si próprias.

Mas ela não parou de perguntar.
Escreveu outra carta, a outro padre,
uma carta mais breve, mas mais importante,
com menos perguntas, mais certezas,
uma carta escrita em vida como se a vida já tivesse
terminado
por ter encontrado o que procurava;
escreveu-lhe, a ele, que estava dentro da Igreja,
para lhe dizer que não queria entrar na Igreja, ela,
enquanto a Igreja se recusava a acolher, em si,
tantos séculos, povos, tradições ditas heréticas;

ou seja:
que pertencia ao cristianismo, sem dúvida,
mas o espaço cortado por uma porta, um dentro e fora
feito de palavras — isso,
o não poderia

aceitar; e onde houvesse o exílio forçado de muitos,
não queria ser recebida:
como via diferenças entre a verdade e a Igreja,
escolheu a verdade e a solidão.

Do seu correspondente, esperava a verdade, mais do que
a Igreja.
Seria bom, se ele provasse
que não havia diferença; mas nada seria mais grave
que uma solução de compromisso,
mentira por misericórdia.
Não há meias-verdades,
só a verdade inteira ou a inteira mentira;
era melhor o exílio:
ficar à porta, eternamente
(onde houver uma porta, um pórtico, um portal,
há sempre um lado de fora;
e as igrejas estão cheias de portas).

«Foi a Igreja que estabeleceu, pela primeira vez, na Europa,
no século XIII, após a guerra dos Albigenses,
um esboço de
totalitarismo»,
escreveu,
no tempo dos totalitarismos,
que ela viu chegar,
e desde a primeira hora combateu;
iria agora, ela própria,
subscrever o santo ofício?

Claro, «o desencadeador desse totalitarismo
é o uso de duas pequenas palavras:
anathema sit»,
a máquina das condenações, do caminho único para a salvação;
e ela não queria
ter parte na grande besta que defende
uma única salvação,
com o fosso do anátema
a toda a volta.

Este padre, sim, respondeu,
embora os correios em tempos de guerra
fossem tudo menos seguros. A carta chegou,
temperada, e precavida.

Mesmo em trânsito (onde pousar a cabeça?), ela escreveu
ainda:
«É o amor por essas coisas
fora do cristianismo visível
que me mantém fora da Igreja. Um tal destino espiritual
deve parecer-vos ininteligível.»
Como assim, uma alma rebelde à instituição,
ao baptismo, aos sacramentos, como assim a salvação
sem as palavras rituais? Como assim, a verdade
sem mediação, como assim — essas palavras de pedra —
a condenada solidão?

E depois morreu,
deixou-se morrer,
de fome, de dor partilhada

com o mundo, morreu
de não querer viver
onde não se vivia,
nem sobreviver
à vergonha, e guardar a vida
a outros recusada.

Ele — viveu. E escreveu várias vezes, extensamente, sobre
aquela estranha mulher, de convicções
decerto corajosas, porém equivocadas, ignorantes
da verdadeira salvação,
disse ele,
estranha mulher, que não percebeu
as epístolas de São Paulo, disse ele,
a defesa do cristianismo
como
a única verdadeira religião.

Eu pergunto: quem não percebeu o quê?
Palavra contra palavra.

(Palavra do homem na instituição
contra a palavra da mulher escrevendo
no quarto despido, sozinha, lutando
abandonada,
interrogando dogmas, certezas, sozinha,
escrevendo, a mulher caída,
e salva.)

XI

Eu, abaixo-assinado,
especialista em demonologia,
a andar sobre gelo fino,
pisando a sombra repartida,

pelos livros declaro
que mudo e me transformo,
porém tão lenta, lentamente,
que já a tudo me habituo:

o oxigénio mais pesado,
estes nervos de cristal,
certa vertigem nas ruas,
o encorrilhado da pele,

tudo — menos o cansaço
dos muitos dias repetidos,
e a palavra aprendida
por sebentas emprestadas,

menos o certo calendário
dos ponteiros concordantes,
o caminho decorado
de nada para coisa alguma.

E não desperdices, tu, a chuva miraculosa
distribuída
pelas canalizações; não terás
mais aura
do que esta expiração sobre os
azulejos;
nem outro nome de baptismo
senão a conferência
das gotas,
a colecção de lanhos na pele exasperada,
o teu currículo de sustos,
e o som
salvífico
do despertador, a tempo de talhar
remorsos, testes,
más companhias: íncubos, súcubos entrando
pela janela mal fechada,
velando
os teus pulmões arrítmicos, a válvula
rígida do ar cansado,
a palavra que não disseste
a tempo.
Não desperdices esta chuva miraculosa
distribuída
pelas canalizações, que leva a tua voz
na enxurrada.

Mas traz-me, se puderes, boas notícias,
ventos ocres do Sul, gota de mel crestada
nos lábios,
um livro no parapeito,
vertendo dias,

um pouco de sálvia, mandrágora
arrancada
dos caminhos, uma cédula
com a origem, o destino,
os patronímicos,
instruções de uso para este
mal amanhado calendário,
a tão intraduzível
rajada de céus
sobre as fachadas,

traz,
mesmo numa salva de falsa prata,
um nome de empréstimo,
uma
máscara, uma chave-mestra
ou simples
passe
de magia, um carrinho de linhas

caído
atrás do armário monumental, encastrado
na velha casa, donde nunca ninguém
o pôde empurrar,

traz,
nas tuas mãos cobertas
de ferrugem,
e cuspo,
e dias,
um pulso, uma pegada, um dente de leite,
uma folha desgarrada
do boletim de vacinas.

XII

No gueto, só a fome era de graça.

Depois viria a sublevação, depois deportações
em massa, execuções
sumárias,
a única escolha entre a morte
lenta ou instantânea.
                                        Depois ainda, o recuo:
os russos já estavam na outra margem, mas primeiro esperaram
que os ocupantes destruíssem tudo:
que ficassem eles com as mãos sujas;
só depois atacaram, desfazendo o que faltava, somando
ruínas às ruínas, misturando
ossos, sangues, poeira.

Mas isso foi depois.

Primeiro houve este homem:
escritor, educador, pedagogo, director de um orfanato
na rua Krochmalna, 92;
depois, já dentro do gueto,
Chłodna, 33,
e, ainda mais tarde,
Śliska, 9 / Sienna, 16.

E quando vieram buscar as crianças, quase duzentas,
mais algumas enfermeiras,
ao Doutor foi dado um livre-passe
para o esquecimento, *vita nuova*, onde poderia, em paz,
recomeçar.

Recusou.

Na vitrine do museu há um mapa da cidade:
a parte antiga, o gueto, antes de ser
esmagado.
Uma linha mostra o percurso do homem, das crianças
com as melhores roupas
e, nas mãos, um livro ou um brinquedo.
Afinal, não iam passar um belo dia de Agosto no campo,
longe
daquela cidade horrível, a que já nenhum desenho
fazia jus?
E atravessaram as ruas,
esta linha entre as casas, bairros, as caras familiares,
só um tanto mais magras, agora, olhando pelas janelas,
envergonhadas.

Deram-lhe refúgio, salvo-conduto, o importante era
que não entrasse
no transporte;
o nome dele não estava
na lista
dos outros nomes; não era suposto ser fechado
naquele vagão; não era dele aquele destino;

convidaram-no a aceitar
a bênção
pecaminosa.

(Todos os corpos querem
viver: procuram o céu, a luz,
uma braçada de espaço:
assim que nascem, forçam
o ar duro nos pulmões,
e o sangue nos músculos,
primeira necessidade.
Morrer é natural, sim, mas
não sem primeiro esgotar
esta escadaria de sol,
a nudez vitoriosa nas
águas, e a vertigem em que
se perde o nome, a mão
dada a outra mão, transpirada,
arrefecendo; o tempo mais branco,
mais branco, e mais lento.
Não antes de todas as coisas,
não antes dos dias
repetidos.)

Já na Umschlagplatz, um oficial reconheceu-o, tinha lido
a sua obra;
poderia ajudá-lo, levá-lo
para Theresienstadt, conseguir
um passaporte.

(E todos os nomes são feitos com as mesmas letras,
mas nem todos têm
o mesmo valor.
Alguns não cabem em listas. Alguns não cabem
em números, contas
de corpos e nomes. Estranha aritmética, feita
de extremas anomalias: sobras, quocientes,
estados
de excepção. Por exemplo:
calcule quantos corpos cabem nesta carruagem, sabendo que
este homem tem imunidade diplomática?)

E o sol do Verão brilhava no ferro: vigas, estruturas, imponentes
carruagens que atravessam países; o céu claro sobre a
cidade, telhados e pináculos; as fábricas maravilhosas
onde se funde o metal, laboratórios onde se estudam
gases; as crianças
alinhadas na plataforma, para um dia no campo:
será que vamos ver cavalos?, as lindas crinas
dos cavalos no campo; e, se der tempo, podemos
apanhar flores?, podemos trazer
as flores
para casa?

(Todos os corpos
querem viver.)

E há no ar esta nuvem toda embrulhada por dentro,
este espaço aberto sobre as nossas cabeças, como se
o vento abrisse um corredor no ar,

e aquela mulher, ali, que acenou com a mão, porquê?,
era mesmo para nós?, se nem nos conhece, porquê?,

mas ele recusa os papéis, a vida obscena,
entra no comboio, as enfermeiras entram no comboio,
as crianças entram no comboio.

Interrompe-se a linha: nas ruas,
entre as casas, fechada no perímetro clínico do gueto, artificial,
até à Umschlagplatz,
os comboios, interrompe-se, no mapa, atrás da vitrina, dentro
do museu.

E nós, visitantes, podemos
tentar seguir a linha imaginária, o
caminho-de-ferro, prolongar
este passeio para lá da cidade, para o campo, os colossais
cavalos assustados, espumando.

(Adivinhando.)

Podemos
seguir com o dedo a linha que se interrompe no vazio,
e podemos entrar na escuridão
e não podemos entrar na escuridão.

XIII

Leio.

(Em qualquer lugar cabem milhares de corpos.)

Forço-me a ler, ainda, sobre os comboios.

Vou até aos grandes portões. Ouço-os a abrirem. Depois paro de ler. Não entro. Não tenho o direito de entrar.

(J.M. Coetzee — em rigor, uma personagem de J.M. Coetzee — escreve que não podemos ir a alguns lugares sem perder a alma. Seria preciso um selo absoluto.)

(Mas não, o selo absoluto não existe, não pode existir.)

Quando ouves, quando lês
uma estória, notícia, a palma da mão,

lembra: o que é dito
esconde tudo quanto se poderia

dizer; a língua poderosa apaga
as vozes submersas sob

os dias pavimentados.
E nem sequer por cálculo,

consciência, estratégia
da areia nos olhos

do hipócrita
leitor.

Antes porque é da natureza
da palavra disfarçar-se de lei

— ela, que é só acaso,
estátua cristalizando

o movimento
do vento.

XIV

2 de Novembro de 1975.
Visto do céu, o teu nome
escrito em sangue,
no pó caindo
dos prédios inacabados,
e a película volátil dos mortos
esquecidos nos campos, revolvidos
pelo vento dos séculos.
Em jeito de salva de trombetas:
a serrilha de uma mota
perde-se na distância.

Mas tu viste, claramente,
a beleza que não morre;
que importa se caem os corpos
indefesos, com
os dias árduos,
um a um conquistados,
que importa se cair, um dia, a actriz vestida
de suaves sedas, com uma auréola postiça
para a brevíssima cena,
se ela foi, por instantes, maior
do que ela
mesma?

E Cristo chamava os homens, moldados em luz e água,
que se levantavam e corriam a caminho
de serem
o que nunca tinham sido
(mais tarde alguém diria: cada fotograma
como um fresco
da Renascença:
estes homens de vento, estas proas de músculo,
sal que goteja em cada pêlo, o suor do rosto
que não se mede pelo preço
do pão),

e uma mãe, dolorosa, enquanto
jazia o filho numa mesa, morto, belo, como
num quadro de Mantegna, a cópia dos séculos
no aluguer dos corpos,

a tão pequena posse da vida sem valor comercial,
do homem agarrado a um queijo, sem reconhecer
a sua última ceia,

e os prédios aberrantes a germinarem
ao fundo dos baldios,
jornalistas, discursos oficiais,
interrompidos
pela passagem do anjo erótico, como uma bomba cravada
entre
a terceira e a quarta costelas,

e uma mão fechada, fingindo
que se pode agarrar
o puro nada:
que agarrem ao menos, estes músculos,
a memória do desejo.

*

Tudo isto,
tanta fúria distribuída,
tanta imagem perseguida,
para escreveres a frase —

> «Escandalizar com a minha mansidão.»

Escolher a inocência.
Errar, acreditando no inacreditável.
Saber que se vai perder a aposta.
Mesmo assim, apostar.

Claro, pensaram
que era uma provocação.
Mas quando escreves —

> «Trabalho todo o dia como um monge
> e de noite vagueio como um gato
> à cata de amor... Vou sugerir à Cúria
> que me reconheça como santo»,

eu leio tudo
literalissimamente,
e concordo:
deviam ter-te feito santo
— não por ti
(que te importa uma auréola?),
mas por eles.

Ainda nos falta tanto
para começarmos a compreender
algumas palavras gastas.
Ainda nos falta tanto
para interrogarmos o escândalo do riso,
as pequenas astúcias contra os senhores,
a seta em forma de falo, a metáfora tomada à letra,
o espanto da amante trespassada.

*

E depois mataram-te.

Quer dizer:
alguém te matou
(nunca saberemos inteiramente porquê),
e onde alguém mata existe logo
uma assembleia de assassinos.

Para nosso consolo temos pouco mais do que isto:

«Não morre quem nunca nasceu.»

— e isto é certo, cristalino,
inútil como toda a verdade.

Por mim, desejo-te um paraíso de esperma,
um sol alto sobre os ombros,
o travo da língua,
o sonho da *beltà*.

XV

E de cada livro se fazem outros livros,
pois de outros é feito cada livro;

assim novas vozes rebentem
sobre o próprio lodo do homicídio.

Aqui estão as caras,
as bocas moldadas em sal,
os olhos como taças cheias,
os nomes autocolantes.

Aqui está o barro mal armado
impresso em vento e labareda,
um açúcar arrancado aos pinheiros,
a goma de uma folha de mar.

Aqui está um livro de cadernos
colados pela noite terrível.
Aqui está uma faca, afiada.
Aqui está a ferida, por sarar.

XVI

Esta é a minha carta
a um jovem poeta:

claro que tens de aprender
a agarrar palavras em pleno voo,

e dominar a curvatura
do salto prodigioso;

mas não descuides
a articulação rigorosa:

põe dois seixos sob a língua
ou meia dúzia nos bolsos

(o rio não é água que corre
mas as linhas talhadas nas margens);

pesa, pois, com rigor
o espectro das aliterações,

uma vírgula é suficiente
para encravar o mundo.

E contudo, como dizia
o vendedor de ícones, naquela praça de Sófia,

não és tu que escolhes o ícone,
é o ícone que te escolhe

a ti.

Como vão os teus estudos?
Já aprendeste
a falhar?
A toalha das manhãs pende lisa
do céu; é impecável
o vento enrodilhado
nas magnólias.
Mas tu — já reparaste
neste gosto
de pó,
grãos de caliça, sempre
que dizes morte e sempre que dizes
vida?
Porque usamos uma pobre, mastigada
moeda de troca:
colamos rótulos às coisas
e trocamos as coisas
pelos rótulos —
esta operação orgulhosa, envergonhada:
fazer barulho com a boca
e pensar que tocámos nos corpos
com um dedo invisível.
Já aprendeste, tu,
esta lição mais difícil:

falhar as coisas
para acertar nelas?
Há maneiras, pequenos truques:
repetir um nome
                                        tantas vezes
que ele perca o sentido,
dizer, por exemplo,
nome nome nome nome
até *nome* ser areia, fumo, entulho
na boca.
Obsessivo ritmo binário,
batida jâmbica,
pétalas num ramo preto,
um galho ao vento, batendo,
toda a noite batendo.
E no fim
um silêncio inteiro,
feito
de todos os sons derramados
na janela da manhã
(mas não o nome *janela*,
mas não o nome *manhã*).
Já aprendeste
esse silêncio
incrível —
ou ainda te dedicas
ao infame tráfico
dos sons?

XVII

Cê tá sabendo não?

No fim do mundo vivia
a última das últimas.

Para começar, era mulher,
neste mundo que começa por
um degrau, uma triagem,
uma letra na ficha clínica.

Depois, era pobre,
nascida
numa maré de tijolo, chapa de zinco,
onde só as antenas florescem,
o cimento a escorar casa sobre
casebre, casebre sobre coisa
alguma:
este gueto funcional
a céu aberto,
esta fronteira implícita
se cada qual souber de cor
a que lado pertence.

Quando não, as forças pacificadoras
seguem a velha tradição
da sangria: purgar o corpo
do excesso de humores.

Mas há mais: era negra.
E é quanto baste
para perder logo, em cotação de mercado,
metade do preço.
Ainda mal tinha nascido,
já valia menos que os outros,
já estava a preço de saldo.

Chega? Não chega.
Era lésbica,
quer dizer:
pecadora.

Portanto,
cê tá sabendo não?
Esta mulher não tinha nada a perder
porque ninguém lhe tinha dado nada,
e mal nasceu já estava a mais.

Vai daí, que fez ela,
a preta, a lésbica, a mulher pobre?
Ué, cresceu de improviso,
e tudo o que é difícil
para ela foi em dobro,

quando a dificuldade das coisas deveria estar
nas coisas,
não
em quem as faz.

A lei do mundo
— tá sabendo não? —
julga que o mundo já foi legislado;
que cada coisa já encontrou
o seu lugar
no tempo dos patriarcas,
que traçaram
um risco na terra,
dizendo:
desse lado fica a lei,
deste, a propriedade;
em caso de dúvida basta não alterar nada;
e não falar alto,
e não descer o morro,
e não dizer o nome.

Ela, porém, disse os nomes,
e não consultou profetas, nem os
seus mandatários,
nem os seus
assessores;
pelo contrário:
decidiu estranhar a normalidade das coisas,
o conforto da linguagem que distribui

substantivos e adjectivos,
géneros, modos e tempos.

Cê tá sabendo não?
Ela está aqui sim,
agora
e sempre.

E também um par
de perguntas:

quem matou?

quem mandou
matar?

XVIII

Estes erros reciclados sob holofotes,
esta espada suspensa sobre as cidades,
tantas imagens sem casa, vagueando nos becos —

é demasiado tarde, não há desculpa, é demasiado
tarde.

Como quem segura
a água quebradiça
nas mãos,

leva a tua fúria acesa
sem verter
pelo caminho:

não convém queimar aos poucos
a terra medida
até à meta,

mas suster
o vento nos lábios, e soprá-lo todo
na hora certa.

XIX

Aqui estão as minhas chaves.

Neste molho,
a de casa, a mais larga,
e a da porta da rua.
Esta mais pequena
é da caixa de correio;
e esta,
do arrumo (onde há livros,
apontamentos
que
nunca mais usarei).

No outro molho, com uma pedra opaca,
as chaves do trabalho:
esta é do gabinete,
esta outra,
do cacifo.

Há ainda
mais chaves, de outras casas, de outras
vidas,
que foram ficando, inúteis, no fundo
da gaveta;

algumas já nem sei
para que servem, e só por preguiça
(ou superstição)
não as deito fora.

Faço as contas,
surpreendido:
tenho então tantas coisas
para guardar?

Talvez devesse
perder as minhas chaves,
enfim, uma parte delas
(mas quais? e como?
e não me arrependeria depois, batendo
a uma porta fechada?),

ou pelo menos assumir
esta posse
tão egoísta:
gastar uma boa meia hora
a organizar, rotular
de uma vez
todas as minhas propriedades.

Incluindo, claro,
a chave que vou usando
neste livro,

esta alegria feroz de abrir
as portas do céu,
soberanamente,
a quem quero,

ou não tivesse eu
o nome que tenho.

XX

— Escreve, então, se te apetece,
outra vez esse livro
cheio de fantasias;
mas não esqueças
que
toda a voz, hoje em dia, deve pagar
o tributo do
cinismo: de um cultivado
cepticismo:
indirecta, a voz
pede
distância; sofisticada
ironia; paga portanto
o
imposto da teoria experimentada, o tom *blasé*
que acera os versos,
à medida do vistoso *Zeitgeist* (já lá vai o
tempo em que
palavras
e coisas se correspondiam; fábulas de embalar);
e assim
ganharás prémios, boas críticas, o nome nos
jornais;
quem sabe?, talvez
um posto vitalício de comentador

das mais
pós-modernas avarias
da
linguagem:
em directo, a denúncia
dos limites da referência da palavra do mundo
contemporâneo, com os devidos
implícitos,
subentendidos, a excelsa
password que dá acesso
à tão secreta
literatura.

— *Vade retro*, bem sei que escrever é um erro,
e todo o livro é um erro, ilusão,
mas este erro, eu o desejo.

(E esta foi a segunda tentação.)

XXI

E atrás destes vi muitos outros
vultos, vozes, multidões
densas de sombras sem sono,

e digo: Vem,

XXII

tu,

princesa
jogando à bola
na areia da praia,
que recebeste o homem
cuspido
pelo mar,
pois decidiste ignorar as suas mãos ainda tintas
das cidades saqueadas,
canto após canto,
para
instrução dos pupilos,

venham,
queridos velhos,
a esta casa, onde
já não é preciso disfarçar,
com um caco de telha no chão,
a perna mais curta da mesa,
e os outros erros do mundo,
tanto tempo tolerados
e para sempre irredimíveis,

e tu,
com os olhos raiados
do choro, junto às muralhas sombrias,
cumprindo
os rituais ditados pelos deuses: o lançar da terra sobre
o inimigo,
teu irmão vencido

(e nunca faltará
quem defenda a razão
dos mais fortes: rios de tinta, legitimando
a propedêutica do
terror),

vem, tu, cujo discípulo soube
classificar tudo quanto pode ser classificado,
excepto a tua loucura — de proibir poesia, fábulas, mitos,
enquanto escrevias mitos, fábulas, poesia,

falhando a tua filosofia
e só por isso acertando,

e tu,
que sonhaste a queda dos átomos
e o seu desvio,

e também tu, que escrevias cartas, dizendo
a moderação e o domínio sobre as coisas,
mas que não pudeste reter as lágrimas
na morte do teu amigo,

vem por essa simples razão,

XXIII

e todos vocês, condenados por terem nascido
antes de um profeta, um messias, um cânone
eclesiástico,

por vos ter faltado
ouvirem certas palavras,
mergulharem em certo rio,
serem ao menos contemporâneos
da nova verdade,

e por isso danados
mas sem culpa,

e também tu, de quem nada sei
excepto que escreveste aquele poema
«A que eras em Zahrá»,
e só por isso aqui há
um lugar com o teu nome,

e tu que encontraste deus na dança,
fazendo girar a Terra
sob os teus pés,

e vocês,
que beberam da mesma taça,

e tragam
aquele fio de sol a vigiar
o vosso sono,
a funda arte de amar contra
reis, leis,
o xadrez das espadas,

e também tu,
que viste o cervo agitando as águas,

e também tu, anónimo ou anónima, que inventaste
o meu provérbio preferido:
«quando Adão caçava e Eva fiava,
onde estava o fidalgo?»

(só falta rever aquela distribuição dos ofícios),

e tu que,
quando tinhas fome, comias,
e quando tinhas sono, dormias,

e tu outro que,
porque tinhas frio
mas não roupa, carregavas,
para te aqueceres,
de um lado para o outro,
uma pedra,

e que se ouçam as quarenta vozes de *Spem in alium*,
fundamental cada uma,

XXIV

e vem, tu,

esquecida irmã
do cantor,
anónima analfabeta autodidacta, roubando
livros, velas, horas de sono preciosas
para quem remenda roupas, depena gansos,
e talvez se remedeie com
menos mau pretendente,

ou então foge — para a cidade, a babilónia dos
palcos,
dos prostíbulos

(e o seu pai lamentava-se:
minha filha morreu, eu já não tenho filha,
nunca mais nesta casa se articulem
as sílabas do seu nome!),

e tu, louco, perdido nu por montes e ravinas
chamando o nome da amada inexistente,
pois assim mandam os livros, a tradição, o
que é maior do que nós,
lei da cavalaria, cru desejo obedecido,

(que importa se ela existe, ou não existe,
a quem dedicas os feitos valorosos,
quando a sua única serventia é ser dedicatória,
condição da tua fala
que escusa mundo, dor, exequibilidade?),

venham vocês, reais
e imaginários,
imaginárias

(quando a poeira assenta é impossível distinguir
as vossas sombras),

e tu, que polias lentes
em silêncio, recordando fugas, exílios, o fumo ainda
das fogueiras meridionais,
protegendo
os manuscritos, onde se mistura Deus e a
natureza, procurando
um pensamento verdadeiro sobre o qual
construir (a culpa indelével
de pensar),

e tu,

XXV

vem, tu,
que te perdias nas feiras, incrédulo,
a ver, entre as crianças,
espectáculos de marionetas:

como se movem tão leves aqueles braços de pano,
e pendem tão perfeitas as cabeças de algodão,
que peso secreto move os corpos postiços
e nós já esquecemos? — quem pudesse
adormecer, saber respirar
sem o espinho desta voz que murmura
a dúvida, o susto, o supremo cansaço
na história do mundo,

e tu, que tinhas um nome e também
outro nome,
e quando assinavas não sabias
se aquele era
o nome verdadeiro, dado
pelos deuses ou
somente máscara, falso grego, truão fingindo
versos;

mas qual dos dois fingia
que fingia, contemplando o reflexo
movediço no Reno, reflexo de quem,
e de quê, talvez este mundo seja
o falso, e no outro se ria
Scardanelli,

uno e igual
a si mesmo,

e tu, que ouviste
o teu pai blasfemar, e dedicaste a vida
a corrigir o erro herdado

(«caia sobre nossas mãos o sangue, e sobre
a nossa descendência», disseram no Templo;
mas tu quiseste limpar as tuas mãos, e,
retrospectivamente,
as do teu pai, da tua linhagem, incluindo
Don Juan, e Abraão, todos,
sermão após sermão, esta loucura de lutar
contra o anjo, o orgulho da lógica,
o ódio a esta Copenhaga já tão mercantil
e ainda tão rural),

e tu,
nem tanto por teres dito a tentação do mal
de Rodion Romanovitch Raskólnikov,
ou a bondade simples de Sónia Siemionovna Marmiéladova,
a voz clara do anjo ou do demónio
— também o demónio tem, ao seu modo, a voz clara
(barítono versátil, de
prodigiosa coloratura) —,

mas os passos sem sentido de Arkady Ivanovich Svidrigailov
quando descobre a impotência do dinheiro,
da cultura, das esperanças no amor,
e anda pelas ruas, página após página, fazendo-nos perder
tempo,
parando aqui, dormindo acolá,
preso à vida por um fio, depois nem isso,
pobre sonâmbulo muito mais morto
do que o assassino, a prostituta,
e a oficina da culpa,

XXVI

venham, homens e mulheres infames,
nomes nos registos dos hospitais, hospícios,
catacumbas, calabouços, gabinetes,
um número, um apelido, o rótulo de um crime,
uma tara, uma falta, uma ínvia mania,
e a rubrica ilegível, por baixo,
de um funcionário cumpridor
na lotaria do mundo,

e tu, seja qual for o teu nome,
que inventaste a «Comadre morte»,
e «A menina e o figo»,
e «A torre da Babilónia»,
sabendo e não sabendo quanto diziam
essas histórias de terror
e piedade,

vem, tu, o da caligrafia elegante, o das cópias sem erro,
o diligente, o atento, o obsequioso
ao serviço dos juristas, economistas, grandes senhores,
porque um dia disseste, somente, que
preferias
não transcrever
estes contratos, actas, disposições do capital,
«ah, humanidade!»,
tantas vezes as vozes desencontradas,

e tu, com longas barbas de profeta,
a juntares multidões
como barro em poema,

e também tu, de auréola perdida,
mas do mal o menos
(e nunca mais as coisas foram as mesmas),

e tu, que viveste tão depressa
e sobreviveste a ti próprio,
alquimista involuntário («se o cobre
acorda clarim, não tem culpa
nenhuma»),
por teres embebedado os barcos e inventado,
entre o bibe e as polainas,
uma idade que não havia,
dezassete anos de inferno delicadíssimo

(que te alvejassem, vá que não vá,
mas quando te vieram pregar
o absinto do remorso,
mandaste à merda o velho continente,
ó belo, terrível, anjo equivocado),

vem, pobre louco, com o sol a pino
em Sils Maria,
dinamite para mil
apocalipses, e sobra,
com a tua
litania furiosa
de transmutações, superações, crueldade sem
atenuantes

(mas na hora solar de Turim agarraste o pescoço
de um cavalo torturado:
o fundo poço negro na crina perfumada),

e disse a filha de Indra:
«Como a humanidade é infeliz,
como os seres humanos são
dignos de dó»,

XXVII

e vocês,
animais,
todos os animais,

que nos julgarão por pensamentos e palavras,
actos e omissões,

este canto é todo vosso,

XXVIII

e tu, por teres escrito, entre os impressos dos seguros,
«Na luta entre ti e o mundo
apoia o mundo»,
e assim descobriste a única lei
onde não havia lei,

venham, tantos, tantas,
«Nunca julguei que a morte tivesse desfeito tantos»,

e tu, preta, de bom humor, não precisas de pedir licença,
ninguém pede licença para entrar
na sua própria casa,
não pela porta das traseiras, não pelas escadas de serviço,
agora entras pelo portão dourado,
que sempre abriste pelo lado de dentro,
nem sabias de que cor era por fora,

e tu, mas não como eras no tempo do teatro
e do cinema, tão belo, quando
ainda te davas ao trabalho de explicar,
apesar de tudo, a editores de revistas, com carradas de paciência,
que não querias escrever uma obra, ter uma carreira,
mas apenas («apenas»!)
mostrar o teu espírito;

vem,
como eras no fim, como te fizeram,
ossos, pele morta, fino cabelo electrocutado,
os deuses todos conjurados contra ti, desde os vulcões
mexicanos,
e dentro do código penal da língua
diz o juízo para acabar de vez,

e tu, que vieram buscar a casa,
e levaram para um campo de reeducação,
porque as tuas imagens, convenhamos, eram
de fraco rendimento
para
o porvir do povo russo,

e também tu, que um dia desembalaste de vez a tua biblioteca
em Portbou, e assentaste a tua terra
no mapa das morfinas,
com os olhos exaustos
de procurarem nos arquivos das bibliotecas
uma pátria, uma língua, uma oportunidade perdida,
vivias de passagem e já sabias:
tudo é fantasmagoria;

mas antes de morrer escreveste
que fomos esperados nesta terra,
e enquanto te confiscavam vagas, vistos, nacionalidades,
insistias em abrir, no instante, a porta estreita,

(como se chamam estes homens, estas mulheres?
mas que importa como se chamam?
os nomes já não importam nada)

e tu, carimbado com uma estrela
na testa,
lábios brancos do frio Sena, duplo exílio
da língua e da morte, regressado à grelha
da linguagem, para dizer, ainda, soletrar,
não mais que gaguejar, neste tempo, agora,
se vieres, mesmo sem barba de luz,
mesmo
na nuvem de fumo,
para salvar, com este ramo de rosas
invisíveis, de rosas só gesto, de rosas-nada,
a poesia depois
do impossível,

XXIX

vem também, mulher negra, e senta-te onde quiseres,
nem os tronos dos vinte e quatro anciãos são demasiado nobres
para ti,
senta-te à janela, na primeira fila, muda de lugar
trinta vezes por viagem,
ocupa o lugar do condutor, blasfémia,
conduz o autocarro *downtown*,

vem,
tu que olhaste pela janela do bonde e viste
um cego a mascar chicles,
o amor é do tamanho disto,
o mundo contido neste apartado
do real, esta coisa, este aqui, este
ficar sem jeito, a língua toda bagunçada,
a voz a gritar de alegria, todas as coisas
juntas, por misericórdia, como se pode descobrir assim tudo
de repente,
que no tamanho do amor cabem também a
a mulher mais pequena do mundo, rituais de feitiçaria,
e uma barata no roupeiro,

venham
para a grande festa,

e tu, que atiravas para o chão moedas,
terra, um ícone russo,
e água, sempre muita água, chuva recente,
miraculosa,
que respondeste
ao olhar do técnico estupefacto:
«Isto — é a matéria de que os sonhos são feitos»,

vem,
por teres feito tropeçar
os teus heróis, desajeitados
albatrozes,
vagabundos loucos em piscinas secas,
com velas acesas, para nada, nenhuma voz
sobre as nuvens, nenhum dilecto filho
anunciado,
só os caças trazendo o apocalipse no bojo,
e meia hora de silêncio,
um gesto junto ao ícone: «Porém *isto* é belo»,
disse o mestre,

e também tu,
que um dia vi, em Lisboa, como um fantasma, num falso café
(e eras menos corpo do que os gestos do corpo),
com
homens que entram e saem, atirando
cadeiras, mulheres quase caindo,
de olhos fechados, uma ária de Purcell,

e na segunda parte uma virgem dançou até à morte,

XXX

vem, tu, que mal consigo ler, e nem sei porquê
(nem é tanto por causa do texto, do modo abrupto
como tudo começa, tudo acaba, parece que estamos sempre a meio,
nessa sala dos passos perdidos onde alguém procura
uma fotografia, um nome, alguém que saiba de alguém
que tenha conhecido alguém…
não é tanto isso, memórias, factos,
bocados de narrativas que não batem certo,
mas as fotografias, baças, com grão, espessas, quase sempre desertas,
entre os bocados extensos de texto,
olho essas imagens arruinadas, abandonadas, e sei
que me olham de volta, e me pedem
mais um segundo de vida),

estou a esquecer-me de tantos, de tantas,

e tu, ainda mal saída daquele grande relâmpago galopante
no palco cheio de sangue (*nojento!*, disse alguém)
para um quarto de banho no hospital de King's College,
onde se nasce, onde se morre,
sem ser preciso decepar, electrocutar, torturar mais
do que a vida de todos os dias:
umas sapatilhas bastam para
escoar todos os pesadelos,
anjo negro que perdeste a couraça
com que sobrevivemos aos dias,

e vem, tu,
que filmaste dois homens numa mota,
e o de trás leva umas flores púrpuras,
e o som de repente falha,

que filmaste esta sombra soterrada,
este caminho no monte, lentamente subido, lentamente
descido,

esta mulher que gagueja, representando o papel
da própria vida, e vivendo
na pele de uma personagem,
cópia de si própria, mais real
do que si própria,

XXXI

venham:

há espaço para todos, para todas.

XXXII

— Tudo isso está muito bem,
mas lembra-te daqueles
antigos mestres
que, nos grandes frescos, entre as multidões, se
dissimulavam:
por exemplo, um ateniense entre
atenienses,
na margem da parede, já quase
fora de campo;
vulto entre
vultos, secretamente assustados, assistindo a
uma solipsista coroação;
ou a pele escorchada
de um santo, pendendo
das suas próprias
mãos;
e quantos mais exemplos desconhecidos, *private jokes* que
o tempo obscureceu, e
nunca saberemos decifrar;
ora,
se sobre o sofrimento eles
nunca se enganavam
(os
antigos mestres!),

nem decerto sobre
a legitimidade de se infiltrarem secretamente na festa,
porque não te insinuas, também,
subtil, na dobra de
uma
cortina, num recorte
de nuvem? Nada temas, eu te asseguro, ninguém fará
as contas a
tão extensa nomenclatura.

— *Vade retro*, é só esta
a minha profissão:
dizer os nomes, escrevê-los.

(E esta foi a terceira, e última, tentação.)

XXXIII

O poema que se escreve a si próprio,
e que, quando o escutas, registas,
e, se te distrais, desperdiças
— mas que não podes convocar nem impedir:

torrente de fogo a trepar o céu,
nervo contínuo nascendo da lava,
sopro que se serve da tua boca,
suave involuntária doce possessão.

Está escrito.